Este libro pertenece a:

This book belongs to:

....

Nota a los padres y a los tutores

Léelo tú mismo es una serie de cuentos clásicos, tradicionales, escritos en una forma sencilla para dar a los niños un comienzo seguro y exitoso en la lectura.

Cada libro está cuidadosamente estructurado para incluir muchas palabras de alta frecuencia que son vitales para la primera lectura. Las oraciones en cada página se apoyan muy de cerca por imágenes para ayudar con la lectura y para ofrecer todos los detalles para conversar.

Los libros se clasifican en cuatro niveles que introducen progresivamente más amplio vocabulario y más historias a medida que la capacidad del lector crece.

Note to parents and tutors

Read it yourself is a series of classic, traditional tales, written in a simple way to give children a confident and successful start to reading.

Each book is carefully structured to include many high-frequency words that are vital for first reading. The sentences on each page are supported closely by pictures to help with reading, and to offer lively details to talk about.

The books are graded into four levels that progressively introduce wider vocabulary and longer stories as a reader's ability grows.

Nivel 1 es ideal para niños que han recibido instrucción inicial en lectura. Cada historia está escrita de una manera simple, usando un pequeño número de palabras frecuentemente repetidas.

Level 1 is ideal for children who have received some initial reading instruction. Each story is told very simply, using a small number of frequently repeated words.

Características especiales:

Special features:

Cuidadosa unión de las palabras con el dibujo

Careful match between story and pictures

Las páginas iniciales introducen palabras claves de la historia

Opening pages introduce key story words

Letras grandes y claras

Large, clear type

Educational Consultant: Geraldine Taylor

A catalogue record for this book is available from the British Library

Published by Ladybird Books Ltd
80 Strand, London, WC2R 0RL
A Penguin Company

001 - 10 9 8 7 6 5 4 3 2 1

ISBN: 978-0-98364-501-6

Printed in China

La Cenicienta

Cinderella

Illustrated by Marina Le Ray

primera
hermanastra
first
stepsister
segunda
hermanastra
second
stepsister

madrastra
stepmother
castillo
castle
la hada
madrina
fairy
godmother
zapato
shoe
Cenicienta
Cinderella

La Cenicienta vivía con su madrastra y sus hermanastras. La madrastra de la Cenicienta y sus hermanastras la obligaban a hacer todo el trabajo de la casa.

Cinderella lived with her stepmother and stepsisters. Cinderella's stepmother and stepsisters made Cinderella do all the housework.

Un día, había un baile en
el castillo.
"¿Puedo ir al baile?"
preguntó la Cenicienta.

One day, there was a ball at the castle.
"Can I go to the ball?" asked Cinderella.

"No", dijo la primera hermanastra. "Tú no tiene un vestido".

"No", dijo la segunda hermanastra. "Tú no tienes zapatos".

"No," said the first stepsister. "You do not have a dress."
"No," said the second stepsister. "You do not have any shoes."

Un hada madrina vino a la casa de la Cenicienta. Ella le hizo a la Cenicienta un bello vestido. Ella le hizo a la cenicienta unos bellos zapatos.

A fairy godmother came to Cinderella's house. She made Cinderella a beautiful dress. She made Cinderella some beautiful shoes.

La Cenicienta se puso el vestido. Se puso los zapatos. “Ahora puedo ir al baile”, dijo ella.

Cinderella put on her dress.
She put on her shoes.
"Now I can go to the ball,"
she said.

El príncipe bailó con la Cenicienta. Después del baile, el príncipe encontró el zapato de la Cenicienta.

The prince danced with Cinderella. After the ball, the prince found Cinderella's shoe.

"Yo me casaré con la niña
que se pueda poner este
zapato", dijo él.
El príncipe llegó a la casa
de la Cenicienta.

"I will marry the girl who can put on this shoe," he said.
The prince came to Cinderella's house.

"¿Es este su zapato?" preguntó el príncipe. "Sí", respondió la primera hermanastra. Pero el zapato no le sirvió.

"Is this your shoe?" he asked.
"Yes," said the first stepsister. But the shoe did not fit.

"¿Es este su zapato?" preguntó el príncipe. "Sí", respondió la segunda hermanastra. Pero el zapato no le sirvió.

“Is this your shoe?”
asked the prince.
“Yes,” said the
second stepsister.
But the shoe did not fit.

"¿Es este su zapato?" preguntó el príncipe. "Sí", le respondió la Cenicienta y se puso el zapato.

“Is this your shoe?”
asked the prince.
“Yes,” said Cinderella,
and she put on the shoe.

“¿Té casarás conmigo?”
preguntó el príncipe.
“Sí”, dijo la Cenicienta.
¡Y ella lo hizo!

"Will you marry me?"
asked the prince.
"Yes," said Cinderella.
So she did!

¿Cuánto te recuerdas de la historia de Cenicienta? ¡Conteste estas preguntas y sabrás!

How much do you remember about the story of Cinderella? Answer these questions and find out!

- **¿Con quién vivió la Cenicienta?**
  Who did Cinderella live with?

- **¿Qué le hizo el hada madrina para ponerse la Cenicienta?**
  What did the fairy godmother make for Cinderella to wear?

- **¿Cómo le encontró el príncipe a la Cenicienta después del baile?**
  How did the prince find Cinderella after the ball?

Mire a estos dibujos de la historia y di la orden en los que deben ir.

Look at the pictures from the story and say the order they should go in.

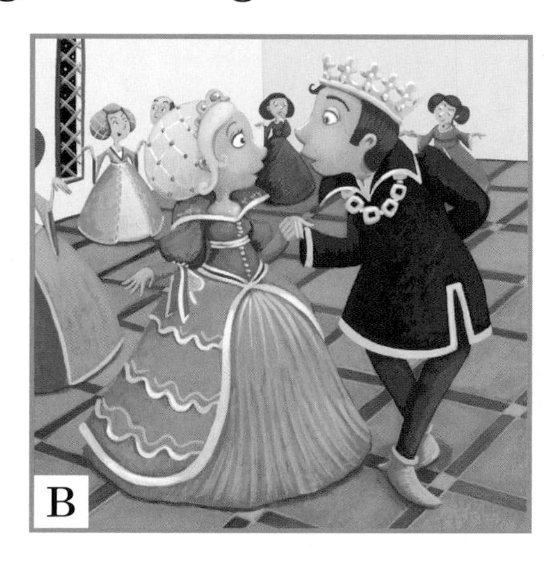

Respuesta / Answer: D, C, B, A.

Léelo tú mismo con Ladybird

Read it yourself with Ladybird

Coleccione todos los títulos en la serie.

Collect all the titles in the series.